WITHDRAWN

DATE DUE

GAYLORD			PRINTED IN U.S.A.

EL MUCHACHO EN LA GAVETA

EL MUCHACHO EN LA GAVETA

por Robert N. Munsch
Ilustraciones: Michael Martchenko

EDITORIAL ANNICK PRESS LTD.
Toronto • New York

la quinta edición, abril 1997

Annick Press Ltd.

La Editorial Annick reconoce con gratitud el apoyo del
Consejo de Canadá y del Consejo de las Artes de Ontario.

Cataloguing in Publication Data
   Munsch, Robert N., 1945–
      [Boy in the drawer. Spanish]
      El muchacho en la gaveta

   Translation of: The boy in the drawer.
   ISBN 1-55037-097-9

   I. Martchenko, Michael. I. Title. II. Title:
   Boy in the drawer. Spanish

   PS8576.U58B6916 1990 jC813'.54 C89-095452-6
   PZ7.M86Mu 1990

Distribuído en el Canadá por:
Firefly Books Ltd.
3680 Victoria Park Avenue
Willowdale, ON
M2H 3K1

Publicado en los E.E.U.U. por Annick Press (U.S.) Ltd.
Distribuído en los E.E.U.U. por:
Firefly Books (U.S.) Inc.
P.O. Box 1338
Ellicott Station
Buffalo, NY 14205

Impreso en papel libre de ácido.

Printed and bound in Canada by
Friesens, Altona, Manitoba.

A Julie y a Shelley

Cuando Graciela subió la escalera, se dió cuenta que la luz de su cuarto estaba encendida. Miró adentro y vio calcetines por todas partes. Había calcetines en el piso, calcetines sobre la cama, calcetines en la cómoda y calcetines colgando de la lámpara.

En puntillas, Graciela se acercó a la cómoda. Con mucho cuidado, cogió la gaveta donde guardaba sus calcetines y la abrió de un tirón. Adentro había un muchacho leyendo un libro. Con una mirada poco amistosa le dijo a Graciela:

—Vete, que me estás molestando.

Graciela bajó las escaleras corriendo y dijo:

—Mami, Mami, ¿pusiste un muchacho dentro de la gaveta de mis calcetines?

—¡Por supuesto que no! —dijo la mamá.

Otra vez Graciela subió arriba y miró en la gaveta.
El muchacho ya no estaba. Recogió los calcetines del piso, de la cómoda y de la lámpara, y dijo:

—Ya todo anda bien.

En ese momento Graciela miró hacia la cama. Se acercó en puntillas, y, cogiendo las frazadas con mucho cuidado las arrancó de un tirón. El muchacho estaba regando una planta de tomates. Le dijo a Graciela:

—Vete, que me estás molestando.

Graciela tuvo un impulso travieso, pero no hizo nada. Volvió abajo y dijo:

—Mami, ¿le dijiste a alguien que plantara tomates en mi cama?

—¡Por supuesto que no! —dijo la madre—. Pero si hay tomates en tu cama, sácalos.

Graciela volvió arriba. El muchacho ya no estaba. Limpió su cama, y dijo:

—Ahora todo anda bien.

Graciela bajó a la sala y se sentó. Quería leer un libro, pero la sala estaba demasiado oscura. En puntillas, Graciela se acercó a la cortina. Con mucho cuidado tomó la cortina en su mano y la levantó de un tirón. Allí estaba el muchacho pintando la ventana de negro. Le dijo a Graciela:

—Vete, que me estás molestando.

Graciela tuvo una idea traviesa, una maravillosa y perfecta idea picaresca. Cogió un pincel, y con todo cuidado le pintó de negro una de la orejas al muchacho. El dió un salto y creció dos pulgadas. Luego salió corriendo de la sala.

Entró la mamá de Graciela, y miró a la ventana.

—¡Graciela! ¡Qué desastre! Límpialo enseguida —le dijo.

Graciela trajo agua y jabón, y pasó dos horas limpiando la ventana. Mientras limpiaba se enojaba más y más. Cuando terminó, dijo:

—Ahora todo anda bien.

Graciela fue a la cocina en busca de algo para comer. Se sentó a la mesa con su mamá. Su papá estaba preparando la comida. Graciela le preguntó a su papá:

—Oyeme papi, ¿no tienes los pies mojados?

—Sí, —dijo él.

—Y Mami, ¿no están mojados tus pies? —preguntó Graciela.

—Pues, sí —dijo ella.

Preguntó Graciela a su gato —¿no están mojadas tus patas?

—Glup—glup—glup—glup—glup —dijo el gato.

—Yo también tengo los pies mojados —dijo Graciela—. ¡Algo anda muy mal por aquí!

Graciela miró a su alrededor con mucho cuidado. Luego, en puntillas, se acercó a la panera y la abrió de un tirón. Adentro, el muchacho se estaba bañando.

—Vete, que me estás molestando —dijo el muchacho a Graciela.

En ese momento, Graciela tuvo una idea muy traviesa. Era una idea tan maravillosamente traviesa y fabulosa que no la pudo resistir. Cerró la llave del agua caliente, y luego abrió la del agua fría completamente.

Graciela quedó inmóvil, esperando. La panera empezó a sacudirse. Luego el muchacho saltó afuera. Dió un grito enorme, creció otras dos pulgadas y corrió alrededor de la cocina tres veces.

Luego, se sentó justo en el centro de la mesa de la cocina. El papá de Graciela dijo:

—He tenido un día terrible, y ahora esto. No puedo ni preparar la comida porque el pan está mojado. Se enojó, y le tiró el tostador al muchacho quien creció dos pulgadas más.

—¡Esperen! —grito Graciela—. ¡Que nadie se mueva!

Con mucho cuidado, se acercó al muchacho y le dió unas palmaditas cariñosas en la cabeza. Inmediatemente se puso más pequeño. Entonces el padre se acercó a la mesa y le dió un abrazo al muchacho quien se achicó todavía más. Luego la madre le dió un beso y el muchacho desapareció por completo.

—Bueno —dijo Graciela—. ¡Ahora todo anda realmente bien!

—Glup—glup—glup—glup—glup —dijo el gato.

Annick Press

4605